호두네 집
자 아주머니네
가게
살구가 사는 마을 지도

살구와 만두

호리카와 리마코 지음

dodo

살구는

푸른 바다 한가운데 있는

커다란 섬에 살아요.

아빠의 일 때문에 이사 왔답니다.

일 년 내내 바나나와

파파야를 맛볼 수 있고요.

새처럼 생긴 꽃도 있고

나팔처럼 생긴 꽃도 있고

커다랗고 파란 나비도 날아다녀요.

앗! 풀숲 그늘에 도마뱀이 숨어있네요.

살구는 이곳이 정말 좋아요.

목차

 # 만남 

깡총. 까앙총. 깡총.

"오늘은 뭘 하고 놀까?"

아침이에요.

살구는 깡총깡총 호숫가로 달려갔어요.

햇살은 뜨겁고, 향긋한 풀내음이

코끝을 간지럽히네요.

♪ "풀을 뽑아, 콩콩콩.

꽃을 따서, 냠냠냠.

맛있는 점심 도시락."

신이 나서 노래가 절로 나와요.

이 노래는 살구가 직접 만들었답니다.

꼬리가 파란 잠자리가 나뭇가지에 앉아 있네요.

살구는 살금살금 다가가 손가락 가위로

잠자리의 날개를 붙잡았어요.

잠자리의 얼굴을 정면에서 바라봤어요.

고개를 갸웃거리는 모습이 마치

"이게 무슨 일이지?" 하고 말하는 거 같아요.

"좋았어, 내가 잠자리 왕국을 만들어 줄게!"

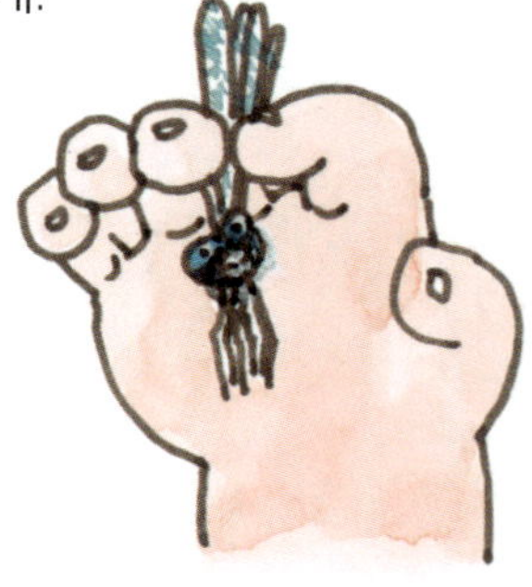

살구는 나뭇가지에 앉아 있던 잠자리들을

모두 붙잡아 와서

옷장 안에 풀어줬어요.

그런 다음, 분홍색 삽을 들고

정원으로 나갔어요.

♪ "비가 내리면 웅덩이 되고,

두더지가 살면 집이 되지.

씨앗을 뿌리면 꽃이 피고,

누군가 빠지면 그건 함정이라네!"

힘차게 노래를 부르며 부지런히

큰 구멍과 작은 구멍을 팠어요.

저녁이 되자, 아빠가 회사에서 돌아오셨어요.

"후식으로 먹어야겠다."

아빠는 정원에 열린 파파야를 따러 나갔어요.

"으악!"

저런! 아빠의 발이 그만 구멍에 쏙, 빠져 버렸어요.

아빠의 새하얀 바지는 진흙투성이가 됐어요.

"당신도, 참."

아빠가 갈아입을 옷을 꺼내기 위해

엄마가 옷장 문을 연 바로 그때!

잠자리 떼가 옷장 안에서 튀어나왔어요!

"잠자리가 여기서 왜 나와?"

엄마는 날아다니는 벌레를 무척 싫어해요.

"내가 잠자리 왕국을 만들었어."

살구는 가슴을 펴고 자랑스럽게 말했어요.

엄마도 아빠도 그런 살구의 모습에

그만 풋, 하고 웃음을 터뜨렸지요.

"살구가 재미있었으면 됐어."

그날 밤이었어요.

살구가 잠든 후, 엄마와 아빠는

걱정스레 이야기를 나누었어요.

"살구가 여기에 온 후로 계속 혼자 놀고 있지?"

아빠가 말했어요.

"맞아요."

엄마도 고개를 끄덕였어요.

"좋아! 내게 맡겨!"

아빠에게 좋은 생각이 난 것 같네요.

다음날,

아빠는 작은 나무 바구니를 들고 왔어요.

덜그럭, 덜그럭. 어? 바구니가 흔들려요!

"앗! 아빠, 안에 뭐가 들었어요?"

살구는 아빠의 주위를 폴짝폴짝 뛰며 물어봤어요.

"살구가 직접 열어볼까?"

바구니 안에 대체 뭐가 들어있을까요?

"강아지다!"

살구가 소리쳤어요.

강아지는 꼬리를 살랑살랑 흔들며

눈을 깜빡였어요.

"안아봐도 돼요?"

아빠는 강아지를 두 팔로 안아

살구의 무릎에 올려주었어요.

강아지 배가 따뜻해요.

"오늘부터 살구의 친구가 되어 줄 거란다.

이름을 지어주렴."

살구는 가만히 강아지를 바라보았어요.

“얘는 왕만두 같아요.”

하얗고 폭신폭신하고

머리털이 만두 꼭지처럼 삐쭉 서 있거든요.

“좋아, 네 이름은 만두야.”

만두는 속이 꽉 찬 하얀 찐빵처럼 생겼어요.

살구가 제일 좋아하는 음식이기도 하답니다.

“하하. 만두라, 좋은 이름이네.

먹순이 살구다운 생각이야.”

아빠는 나무 울타리를 만들어 주셨어요.

"여기가 만두가 살 집이란다."

아빠의 말을 알아들은 건지

만두는 나무 울타리 안으로 들어갔어요.

그 안을 빙글빙글 돌며 냄새를 맡다가

털썩 주저앉았답니다.

"만두야, 우리 집에 온 걸 환영해!

우리 재미있게 놀자!"

살구가 캬캬— 하고 웃자,

만두가 눈을 깜빡거려요.

마치 살구가 하는 말을

알아들은 것처럼 말이죠.

만두의 비밀

"아, 행복해!"

살구는 가족 모두가 잠든 깊은 밤에도 잠이 오질 않아요.

만두가 보고 싶어서 그런가 봐요.

아빠는 이렇게 말했어요.

"만두도 혼자서 자는 훈련을 해야 해.

안 그러면 어리광쟁이가 될 거야."

그래서 만두를

1층에 혼자 두고

가족들 모두가

침실이 있는 2층으로

올라와야 했답니다.

창문 너머로 별이 반짝여요.

아까보다 공기도 훨씬 차가워졌어요.

"만두는 뭘 하고 있을까?"

살구는 침대를 빠져나왔어요.

어두운 복도를 지나 계단을 내려가요.

"살구니?"

누군가가 살구를 불렀어요!

"맞아. 너는 누구야?"

"나야, 나. 만두."

"뭐라고? 만두 너, 말할 수 있는 거야?"

"맞아, 말할 수 있어. 히히."

새카만 어둠 속,

천장에 뚫린 창문을 통해 내려오는 달빛에 비친

만두의 눈이 반짝이고 있어요.

살구는 울타리 안으로 들어갔어요.

"나, 궁금한 게 있는데. 강아지는 냄새를 잘 맡지?"

"그런가? 그냥 다 똑같을걸."

"지금 무슨 냄새 나?"

"소똥 냄새, 빨은 풀냄새, 도마뱀 냄새,

저녁에 먹고 남은 수프 냄새, 그리고, 또……"

"우와, 그걸 어떻게 다 알아?"

"바람에 냄새가 실려 오니까.

살구 너는 모르겠어?"

살구는 코로 천천히 공기를 들이마셨어요.

"모르겠어."

"그렇구나. 아무튼, 공기에는 다양한 냄새가 섞여 있어."

"있지, 있지.

 그러면 내 냄새도 알아?"

"당연하지."

"그럼, 퀴즈를 낼 테니까 맞춰봐!"

살금살금, 살구는 옷장이 있는 방으로 갔어요.

세탁물을 더듬더듬 더듬어

엄마와 아빠와 살구의 양말을 들고 나왔지요.

"내 양말을 찾아봐."

살구는 만두에게 하나씩 냄새를 맡게 했어요.

먼저, 첫 번째 양말.

킁킁, 킁킁.

"커피, 그리고 면도 크림의 냄새가 나.

이건 살구 양말이 아니야."

두 번째 양말.

킁킁, 크—응.

"밀가루와 향수 냄새가 나.

이것도 살구 네 거는 아니야."

세 번째 양말.

크―응, 크―응.

"이거다, 이거! 이게 살구 양말이야.

살구에게서는 탄산수 냄새랑 흙냄새가 나거든."

"정말?"

살구는 팔에 코를 대고 냄새를 맡아보았어요.

킁킁, 킁킁, 킁킁.

"나는 아무 냄새도 안 나."

"어떻게 모를 수가 있지?"

만두는 하품을 하며 말했어요.

"그럼, 다음 문제!"

만두는 살구의 말에 대답하지 않았어요.

쿠울…… 쿠울……

대신 어디선가 이상한 소리가 들리지 뭐예요?

어라? 만두는 그만 잠이 들었나 봐요.

살구는 만두의 냄새를 맡아보았어요.

먼지 냄새 같기도 하고, 풀냄새 같기도 하고,

약간 구운 토스트 같은 냄새도 났어요.

"이게 만두의 냄새구나. 나도 잘 기억해 둬야…… 흐아암."

살구도 슬슬 졸리기 시작했는지 하품이 나네요.

아침이 되었어요. 아직도 공기가 차갑네요.

"살구야, 일어나야지?"

오늘도 아빠가 살구를 깨우러 방으로 들어왔어요.

하지만, 살구의 모습이 보이질 않네요!

"살구야, 어디 있니?"

아빠는 침대 밑을 들여다봤어요.

화장실도 들어가 봤지요.

"살구야?

여보, 큰일 났어!

살구가 방에 없어!"

엄마와 아빠는 당황해서

집 안 구석구석을 찾아보았어요.

찾았다!

살구는 만두와 함께

새근새근 잠을 자고 있었어요.

"여보, 찾았어!"

"어머나, 여기 있었네! "

엄마와 아빠가 마주 보고 생긋 웃었어요.

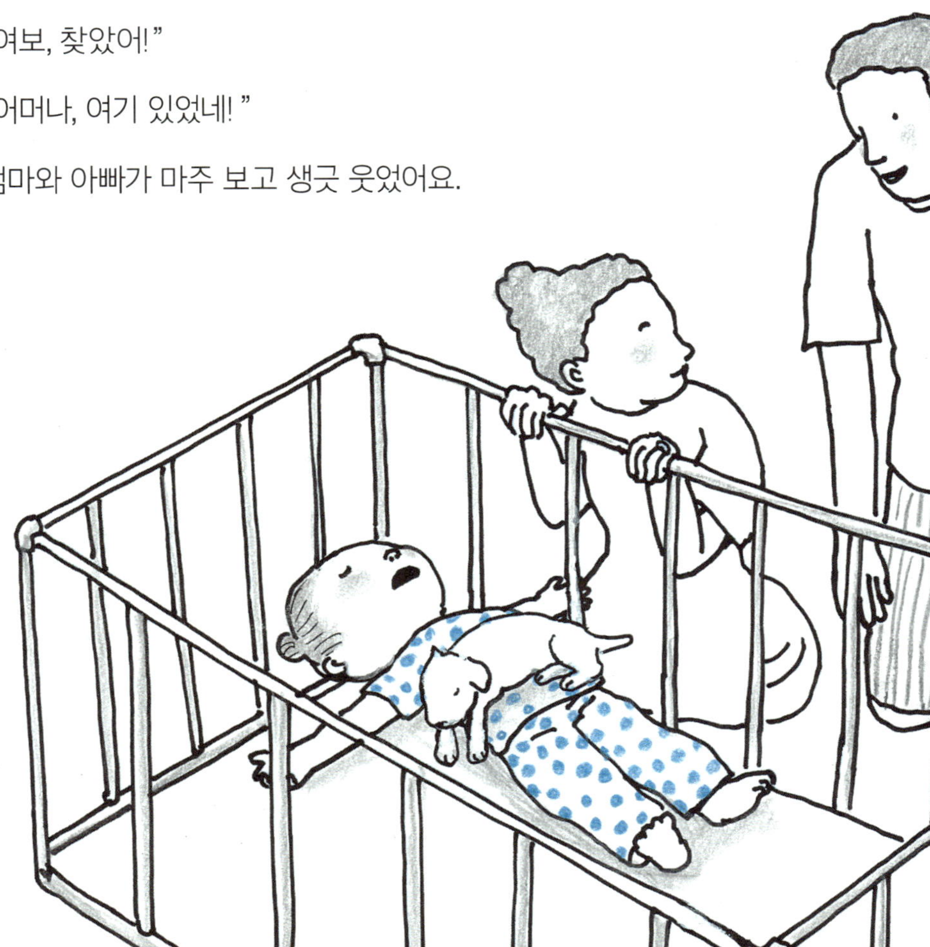

미식가 강아지

살구는 그물침대에 누워 노래를 불러요.

침대가 움직일 때마다 할짝,

만두가 살구의 손을 핥고 있네요.

흔들~흔들, 할짝. 흔들~흔들, 할짝.

"만두야, 그렇게 핥다가 팔이 없어지겠어."

"살구 너한테는 항상

너만의 맛이 배어 나오니까

사라지는 일은 없을 거야."

만두는 다시 혀를 내밀어

살구의 팔을 핥은 뒤 말했어요.

"살구야. 우리 고무나무가 있는 곳까지

산책하러 가지 않을래?"

"좋아!"

만두는 산책할 때

늘 백일홍 나무 밑에 쉬를 해요.

"만두야, 아무 데나 쉬하면 안 돼."

"나는 지금 우리가 산책하는 길을

지키는 중이란 말이야."

"그게 무슨 말이야?"

"내가 여기다가 쉬를 하면,

다른 개들이 지나가다가 냄새를 맡고

'아, 여기는 다른 개의 영역이구나!'

하고 들어오지 않거든.

그러면 여긴 우리만 지나갈 수 있어."

"정말? 그럼 빨리 쉬 해."

야트막한 언덕 위에는

커다란 고무나무가 있어요.

작고 푸릇푸릇한 열매가

잔뜩 달려 있고요.

이곳은 살구와 만두가

제일 좋아하는 장소랍니다.

하지만 오늘은 어떤 아주머니가 앉아 있네요.

"저기, 누가 나무 뒤에 앉아 있어.

내가 냄새를 묻혀 놨는데도 말이야."

만두는 기분 나쁘다는 듯

아주머니 곁으로 다가갔어요.

"어머나, 귀여운 강아지네."

아주머니가 빙긋 웃었어요.

"멍멍, 멍멍."

만두는 살구에게만 말할 수 있어요.

그래서 다른 사람들의 귀에는

똑같이 강아지가 짖는 것처럼 들려요.

'만두가 또 강아지 흉내를 내고 있네.'

살구는 속으로 생각했어요.

그런데 자세히 보니

어라라, 분식집 홍차 아주머니네요.

"안녕하세요! 여기서 뭐 하세요?"

"살구로구나. 잠깐 쉬는 중이란다."

"쉬는 시간이 끝나면 뭐 할 건데요?"

"만두를 만들지. 살구는 만두 좋아하니?"

"네! 엄청요! 얘 이름도 만두예요!"

"어머나! 그럼 갓 찐 만두를 대접해야겠는걸?"

"멍멍! 멍멍!"

아주머니의 말에 만두가 꼬리를 흔들어요.

홍차 아주머니의 가게는

바다를 마주한 해변가에 있어요.

살구와 만두는 신이 나서

아주머니의 뒤를 따라나섰답니다.

가게 부엌에서 홍차 아주머니가

만두를 만들기 시작했어요.

반죽 안에 만두소를 넣어 동그랗게 만든 뒤,

얇은 종이로 감쌌어요.

"이 종이를 붙여 놓으면

냄비에서 쉽게 꺼낼 수 있단다."

잠시 기다리고 있으니

냄비에서 김이 모락모락 나기 시작했어요.

"다 됐다. 맛있게 먹으렴."

"잘 먹겠습니다! 앗, 뜨거! 후우—"

살구는 후— 후— 입김을 불어 만두를 식히고는

크게 한 입 베어 먹었어요.

그러자, 폭신폭신한 왕만두 속에 감춰져 있던

매콤달콤한 고기 맛이 밖으로 나와

혓바닥 위에서 춤을 췄어요.

"맛—있—어!

만두야, 너도 어서 먹어봐."

그러자, 평범한 강아지가 된 만두는

살구가 왕만두에서 벗겨낸 얇은 종이를

덥석 물더니 먹어버렸어요.

"만두야, 종이를 먹으면 어떡해!"

만두는 강아지답게 꼬리를 힘차게 흔들었어요.

마치, '이 종이, 엄청 맛있어.' 라고

말하는 것 같았어요.

"어떻게 종이가 맛이 있을 수 있지?"

살구는 고개를 절레절레 흔들었죠.

"만두는 입맛이 남다른 미식가인가 보네."

홍차 아주머니가 웃었어요.

집으로 돌아가려는데, 홍차 아주머니가

왕만두를 세 개나 선물로 주셨어요.

"만두가 먹고 싶으면 언제든지 오렴."

"왕만두 종이는 내 거야."

강아지인 만두가 조용히 살구에게 말했어요.

인형

만두가 아침에 혼자 길을 나섰어요.

살구는 만날 늦잠을 자거든요.

'홍차 아주머니 가게에 놀러 가면

왕만두에 붙은 맛있는 종이를 또 먹을 수 있을까?'

이런 생각을 하면서 열심히 걷고 있는데,

어디선가 맛있는 냄새가 났어요.

만두는 코를 킁킁거리며 냄새를 맡았어요.

고기와 야채를 볶은 냄새였어요.

풀숲 속에 뭔가가 있나 봐요.

"우왓!"

만두의 앞에 커다란 개가 나타났어요.

검은 눈이 만두를 바라보고 있네요.

"멍멍! 멍!"

만두는 개를 향해 열심히 짖었어요.

하지만 커다란 개는 아무런 말도 하지 않았어요.

"나한테 관심이 없나?"

가만히 들여다보니, 까만 두 눈은 움직이질 않아요.

코는 갈색 플라스틱으로 만들어져 있고요.

아하, 진짜 개랑 똑같이 생긴 인형인가 봐요.

"와, 굉장한 걸 찾아냈잖아?"

만두는 등에 인형을 짊어지고

균형을 잃고 떨어지지 않게 조심조심

집으로 돌아왔어요.

집으로 돌아오자, 살구가 일어나 있었어요.

"만두, 너 대체 어딜 갔다 왔니?

내가 얼마나 찾은 줄 알아?"

화가 났는지 목소리가 착, 가라앉았어요.

"등에 있는 강아지는 누구지?"

"산책하다가 발견했어."

"그래? 그럼 어서 나를 얼른 거기로 데려가라!"

"네~ 네~ 알겠습니다.

화가 나면 항상 저렇게 말투가 이상해진다니까."

만두는 목을 움츠렸어요.

그리고 인형을 짊어진 채로

살구와 다시 밖으로 나갔지요.

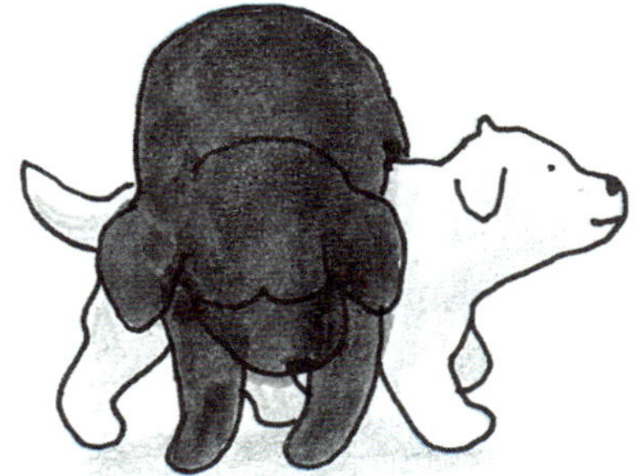

인형을 주운 풀숲에 도착하자

처음 보는 남자아이가 소리를 치며 이쪽으로 달려왔어요.

"찾았다!"

"멍! 멍멍!"

만두가 열심히 짖었지만

들리지 않나 봐요.

남자아이는 만두의 등에 있던

인형을 집어 들었어요.

"다행이다!"

그리고 인형을 꼭 끌어안았지요.

"이 인형 네 거 맞아? 증거 있어?"

살구의 질문에 남자아이는 울 것 같은 표정이 되었어요.

"증거는 없어, 없는데! 검둥이는 검둥이야.

그리고 검둥이는 내 강아지라고!"

만두가 남자아이의 냄새를 맡더니

살구에게 말했어요.

"살구야, 이 아이 말이 맞아. 인형이랑 똑같은 냄새가 나거든."

남자아이는 만두가 말하는 걸 보고

그만 깜짝 놀라고 말았어요.

"우와! 강아지가 말을 해! 네 강아지야?"

"맞아. 이름은 만두라고 해."

"그렇구나."

남자아이는 무언가 생각하더니, 곧 이렇게 말했어요.

"있잖아. 내 검둥이랑 네 만두랑 바꾸지 않을래?"

그 말을 들은 살구는 순간 할 말을 잃어버렸어요.

그리고는 이렇게 소리쳤어요.

"만두는 내 소중한 친구라고!

너는 니 검둥이나 데리고 저리 가버려!"

살구는 화가 나면 목소리가 엄청 커져요.

"뭘 그렇게 화를 내니? 쩨쩨하기는."

남자아이는 검둥이를 품에 안고

터덜터덜 돌아갔어요.

"살구, 너, 정말 멋있다."

그러더니 만두는 살구의 다리에 쉬를 했어요.

"악, 더러워!"

"우린 친구잖아?

그래서 살구가 내 친구라고 표시해 둔 것뿐이야."

"정말?"

살구가 만두의 몸에

축축한 다리를 닦아내려고 하자,

만두가 살구의 손길을 슬쩍 피하네요.

"자, 다시 산책하러 가 볼까?"

그리고는 씩씩하게 앞장서기 시작했어요.

풍차와 새로운 친구

산책에 나선 살구와 만두는

거위 떼와 마주쳤어요.

만두는 거위를 쫓아

수로로 뛰어들어

철퍽철퍽

물을 튀기며 뛰어다녀요.

"하하하, 만두 너,

홀딱 젖었어."

"괜찮아, 괜찮아."

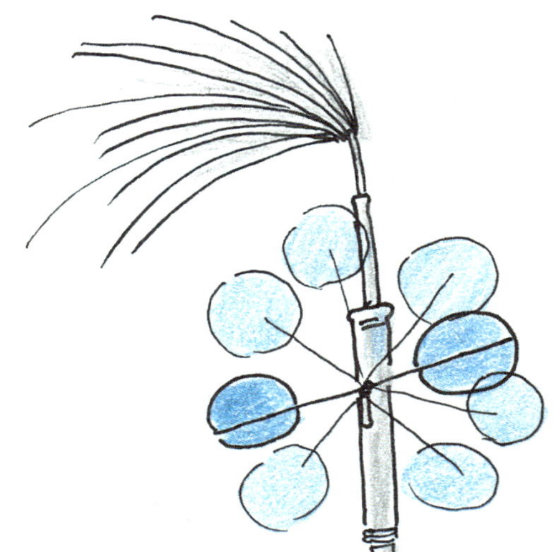

만두와 수다를 떨며 걷고 있는데,

논 어딘가에서 소리가 들려왔어요.

덜덜덜, 덜덜덜……

"무슨 소리지?"

둘러보니, 장대 위에 바람개비가 돌면서

덜덜덜, 덜덜덜……

소리를 내고 있지 뭐예요?

살구가 장대를 올려다보며 말했어요.

"이게 뭐지?"

"풍차를 처음 본 모양이구나."

어떤 할아버지가 말을 걸었어요.

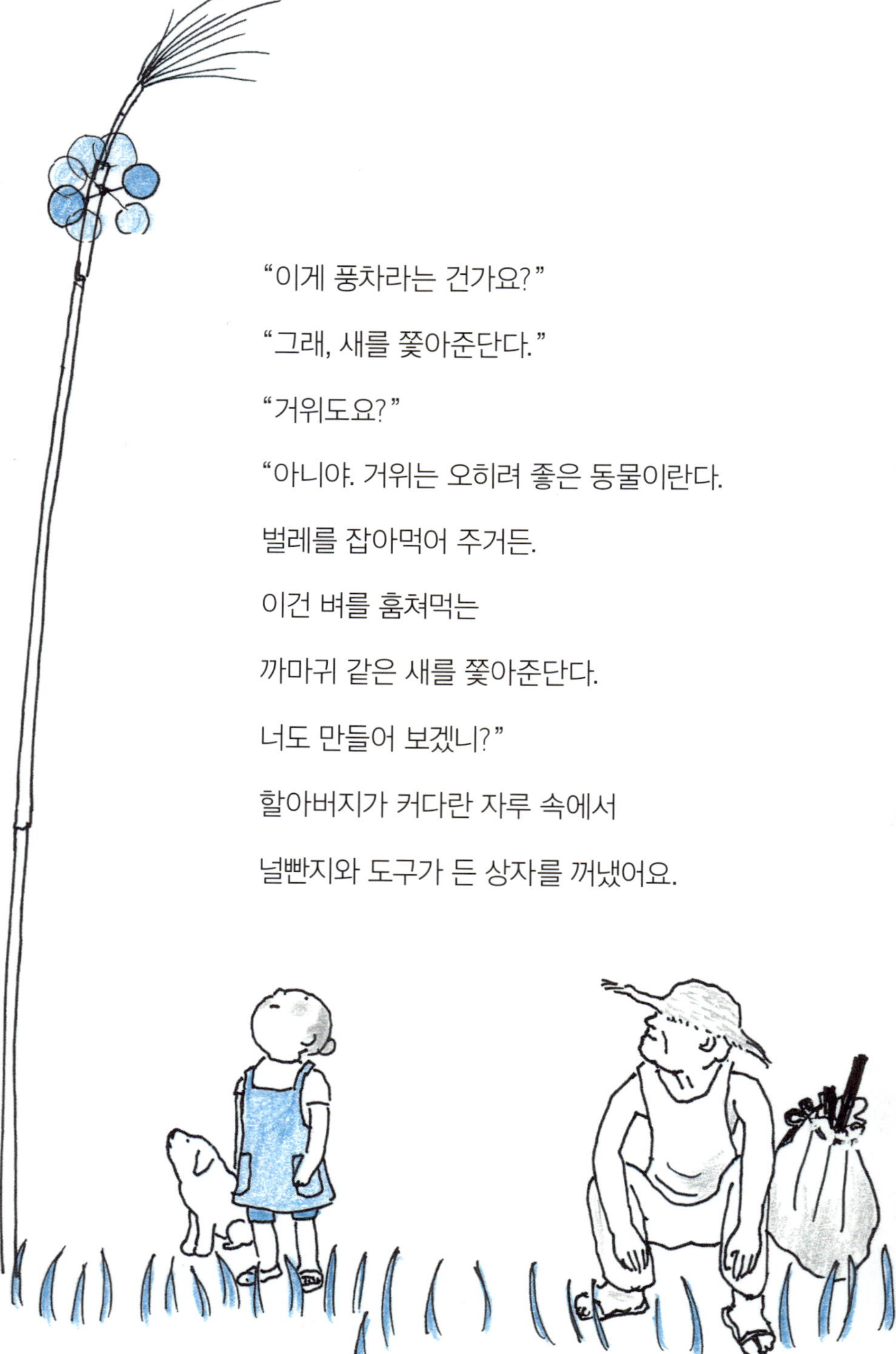

“이게 풍차라는 건가요?”

“그래, 새를 쫓아준단다.”

“거위도요?”

“아니야. 거위는 오히려 좋은 동물이란다.

벌레를 잡아먹어 주거든.

이건 벼를 훔쳐먹는

까마귀 같은 새를 쫓아준단다.

너도 만들어 보겠니?”

할아버지가 커다란 자루 속에서

널빤지와 도구가 든 상자를 꺼냈어요.

"아무거나 그려보렴."

살구는 무얼 그릴지 잠깐 고민했어요.

연필을 들고 나무판에 방금 보았던 거위를 그렸어요.

"옳지, 거위로 까마귀를 쫓을 셈이로구나.

정말 똑똑한 아이야."

할아버지는 살구가 그린 거위를

솜씨 좋게 자른 뒤 날개를 붙여 주었어요.

"자, 완성이다!"

그런 다음 할아버지는 거위 풍차를

장대에 붙였어요.

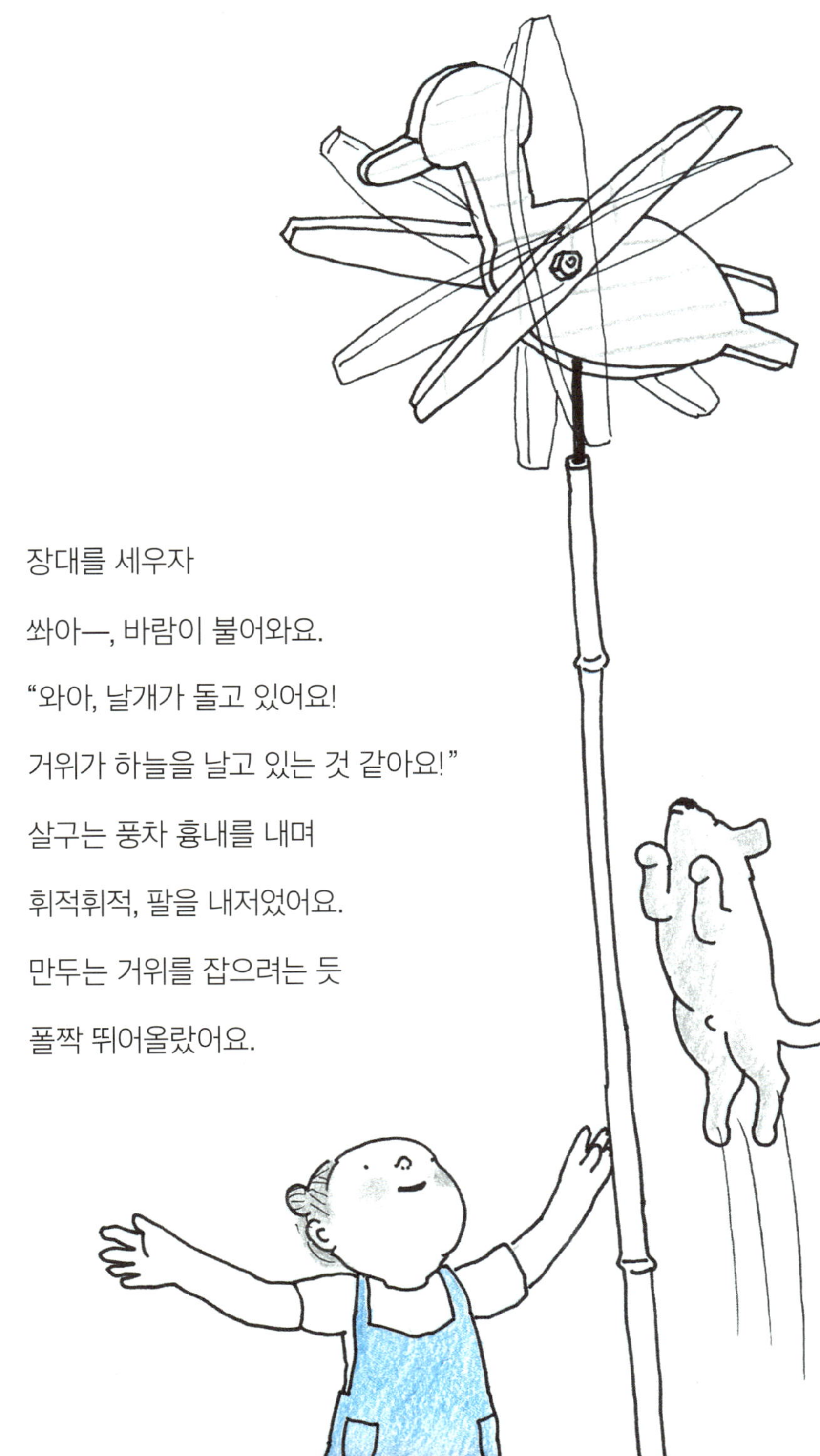

장대를 세우자

쏴아—, 바람이 불어와요.

"와아, 날개가 돌고 있어요!

거위가 하늘을 날고 있는 것 같아요!"

살구는 풍차 흉내를 내며

휘적휘적, 팔을 내저었어요.

만두는 거위를 잡으려는 듯

폴짝 뛰어올랐어요.

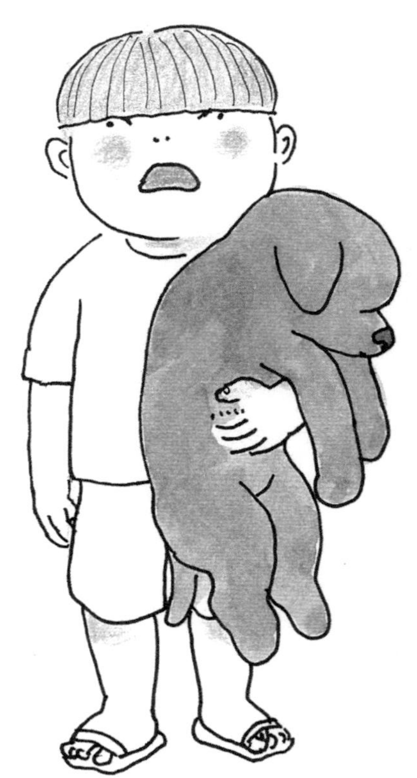

그때였어요.

"여기는 우리 할아버지 논이야! 당장 나가!"

갑자기 아는 목소리가 들려왔어요.

"어라?"

커다란 강아지 인형을 껴안은 남자아이가 서 있네요.

"너, 너는, 아까 그……!"

살구는 다시 화가 났어요.

살구는 엄청 크게 고함을 질렀어요.

근처 나뭇잎들이 파르르 떨릴 정도로 큰 목소리였어요.

살구의 목소리에 놀란 남자아이는

닭똥 같은 눈물을 뚝뚝 흘렸어요.

"너, 완전 울보구나?"

살구는 어이가 없었어요.

그때, 어떤 할머니가 두 사람 곁으로 다가왔어요.

"아이고, 호두야. 무슨 일이냐?"

곁에 있던 살구를 발견한 할머니는 말했어요.

"네가 우리 호두의 강아지 인형을 찾아준 꼬마 아가씨구나.

마침 잘 됐다. 우리 집에 가서 같이 점심을 먹지 않겠니?"

할머니는 살구를 초대해 주셨어요.

“난 싫어.”

호두는 살구를 노려봤어요.

“자, 자. 그러지 말고 어서 가자꾸나.”

할머니가 쾌활한 목소리로 재촉하시네요.

“어디. 솜씨 좀 발휘해 볼까?”

할머니가 야채와 고기를 볶자

부엌에 김이 모락모락 나기 시작해요.

할머니는 완성된 요리를 커다란 잎사귀 위에 얹고,

그 옆에 밥도 한가득 퍼 담아주셨어요.

만두를 바라보니 혀를 낼름거리고 있어요.

꼬르륵. 맛있는 냄새에 살구도 무척 배가 고파졌어요.

“잘 먹겠습니다!”

“멍멍이도 맛있게 먹으렴.”

만두에게는 푹 삶은 뼈다귀 고기를 주셨어요.

만두는 꼬리를 열심히 흔들며 기뻐하고 있어요.

살구와 호두는 식탁 밑에서 서로 발을 걷어차며

열심히 밥을 먹어요.

“사이 좋게 먹어야지.”

할머니가 타이르자

호두는 대답 대신 살구에게 이렇게 말했어요.

“화해하면, 만두 나한테 줄래?”

그 말을 듣고 살구가 크게 소리쳤어요.

"당연히 안 되지!

만두는 당연히 나랑 같이 있어야 해!

너한테는 검둥이가 있잖아!"

그러자 호두가 입을 딱 벌리고

살구를 바라봤어요.

살구도 호두의 얼굴을 바라봤어요.

"너, 이번엔 안 우네?

잘했어. 이제 내 친구가 될 자격이 있어!"

"그런데 말이야, 난 얼굴에 밥풀이나 묻히고 다니는

꼬맹이랑은 별로 친구하고 싶지 않은데?"

호두가 짓궂게 웃으며 말했어요.

살구는 당황해서 얼굴을 더듬었지만, 밥풀은 없었어요.

"오호라, 날 속였다, 이거지?

그러는 호두 너야말로 그 밥풀 언제 먹으려고 그러니?"

"내가 속을 것 같아?"

"거짓말 아닌데. 못 믿겠으면 거울을 봐."

호두가 거울 앞으로 달려갔어요.

"어, 정말이네?"

다들 와하하— 하고 웃음을 터뜨렸어요.

살구는 밥그릇을 깨끗이 비운 뒤, 호두에게 말했어요.

"호두야. 아까 만든 거위 풍차 같이 보러 가지 않을래?"

호두도 남은 밥을 싹싹 긁어모아 한입에 꿀꺽 삼키고는 말했어요.

"얼른 가자."

쏜살같이 뛰어나가는 두 사람의 뒤를 만두가 허겁지겁 따라갔어요.

 # 아이들의 오토바이 

살구는 탄산수 병을 주머니에 넣었어요.

밧줄을 챙기고는 고무나무 위로 올라갔지요.

고무나무의 열매가 빨갛게 잘 익었네요.

만두는 살구를 올려다보며 이렇게 말했어요.

"살구 너, 치사하게 혼자만 올라가고."

만두는 땅에 드러누우며 화를 냈어요.

살구는 크게 웃으며 말했어요.

"걱정하지 마. 너도 올려줄게."

그리고 슬금슬금, 아래로 밧줄을 내려주었어요.

"역시, 살구 넌 천재야."

만두는 그 모습을 보며 꼬리를 흔들었지요.

만두는 밧줄 끝을 입으로 꽉 물었어요.

그리고는 데구르르, 밧줄 위를 굴렀지요.

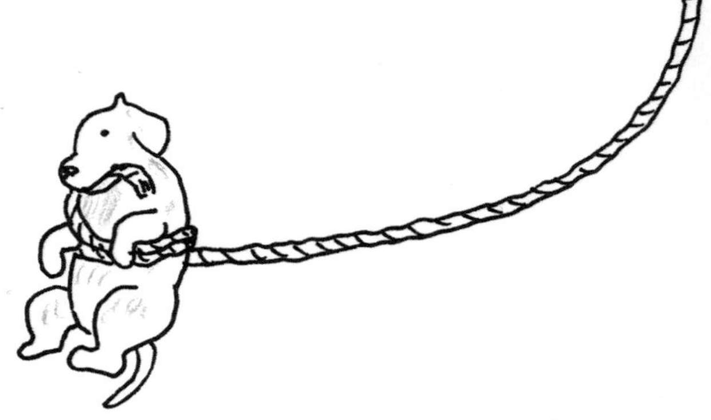

"아애아!"

아마도 '다됐다!'라고 말한 것이겠지요?

나뭇가지 위에 있던 살구가

밧줄을 끌어당겨요.

"영차!"

만두가 허공으로 두둥실 떠올랐어요.

"여엉차! 아이고, 무겁다!"

살구가 밧줄을 끌어당길 때마다

만두가 조금씩 위로 올라가고 있어요.

"하이힝!"

만두가 말했어요.

'파이팅!'이라는 뜻이겠죠?

"웃챠! 만두 너, 살찐 것 같아."

만두도 살구가 앉아 있는 굵은 나뭇가지 위에 도착했어요.

밧줄을 풀고 주위를 둘러보니 길이 저 멀리까지 뻗어있네요.

"휴우, 목말라. 탄산수 마셔야겠다."

살구는 주머니에서 병을 꺼냈어요.

그런데, 아뿔싸! 병따개를 놓고 왔지 뭐예요!

뚜껑을 이로 물고 흔들어봐도 꼭 닫혀 있어서 꼼짝도 하질 않네요.

만두를 바라봤지만, 고개를 가로저었어요.

'그건 나도 어쩔 수가 없어.'

살구는 탄산수를 포기하기로 하고,

나무 아래를 관찰하기 시작했어요.

그러자, 저 멀리에서 소리가 들렸어요.

부릉, 부릉부릉, 부르릉……

살구보다 약간 키가 큰 소년들이

오토바이를 타고 달리고 있네요.

부릉, 부릉부릉, 부르릉……

둘이 타고 있는 오토바이도 있어요.

어머, 저기는 셋이 함께 탔어요!

아이들이 어떻게 오토바이를 타냐고요?

이 마을에서는 정말 평범한 일이랍니다.

마을만 벗어나지 않는다면

아이들도 오토바이를 운전할 수 있어요.

"나도 오토바이 타고 싶다."

살구가 중얼거렸어요.

오토바이를 탄 한 소년이

이쪽을 향해 오고 있어요.

그 모습을 본 살구는 갑자기

두 팔을 크게 휘저으며

나무 위에서 외쳤어요.

"도와줘! 도와줘!"

만두는 깜짝 놀랐어요.

“살구야, 너 갑자기 왜 그래?”

“도와줘! 도와줘!”

살구는 고래고래 소리를 지르면서

고무나무 가지에 열린 빨간 열매를 따서

던지기 시작했어요.

살구가 던진 열매가 오토바이를 운전하는

소년의 얼굴에 정통으로 부딪혔어요.

“아야!”

소년은 깜짝 놀라 오토바이를 세우고

주변을 두리번거렸어요.

"도와주세요! 도와주세요!"

목소리는 고무나무 위에서 들려왔어요.

"누구야? 어디에 있니? 무슨 일이야?"

소년이 말했어요.

"여기야! 내 강아지가 갑자기 아파!"

"정말? 그럼 큰일인데?"

소년은 나무 아래로 다가와

살구가 있는 곳을 올려다보았어요.

"무슨 소리야? 나 완전 멀쩡해!"

만두는 깜짝 놀랐어요.

“시끄러워. 자, 얼른.”

살구는 만두를 밧줄로 감았어요.

“빨리 기절한 척 해!”

살구가 만두를 아래로 내려보내며 말했어요.

“또 이상한 거 시키네.”

만두는 투덜대면서도

눈을 감고 몸을 축 늘어뜨렸어요.

그리고 열심히 입을 움직여

입안 가득 거품도 만들어 냈지요.

“많이 아픈가 봐! 거품도 물고 있잖아!”

소년은 깜짝 놀랐어요.

“내 오토바이 뒤에 타, 얼른!

병원으로 데려다줄게!”

“고마워!”

살구는 만두를 안고 오토바이 뒤에 탔어요.

“거리가 멀긴 하지만, 조금만 참아!”

소년은 만두에게 다정하게 말했어요.

"많이 멀어?"

저도 모르게 살구가 말했어요.

오토바이를 오래 탈 수 있다는 생각에

너무 신이 났거든요.

"미안해. 괜찮지?"

소년은 오토바이에 올라타서는 기어를 넣고

오른손으로 액셀을 천천히 당겼어요.

그러자 오토바이가 움직이기 시작했어요.

"우―와―아!"

살구는 그만 탄성을 질렀어요.

"끼이—잉!"

만두도 그만 소리치고 말았어요.

바람이 두 뺨을 빠르게 스쳐 지나가네요.

엔진의 진동이 온몸으로 느껴지고요.

살구와 만두는 처음 느끼는 놀라움과 흥분에

정신없이 소리를 질렀지요.

그 소리를 들은 소년은

만두가 괴로워한다고 생각해

속도를 계속 높였어요.

몇 번의 커브 길과 직선 도로를 지나

드디어 오토바이가 멈췄어요.

"도착했다!"

살구는 조금 난처해졌어요.

만두도 마찬가지였지요.

병원에 끌려가게 생겼거든요.

"어, 이제 만두가 괜찮아진 것 같아!"

살구의 말에 만두도 눈을 번쩍 뜨고

힘차게 꼬리를 흔들었어요.

"정말이네. 그래도 입에 거품이 났었으니까

일단은 진찰을 받는 게 좋겠어."

"히잉."

더는 도망칠 수 없겠네요.

+CLINIC

소년은 접수대를 향해 외쳤어요.

"엄마, 환자가 왔어요."

"엄마? 의사 선생님이 오빠 엄마야?"

"맞아. 친절하게 잘 봐주실 거야."

살구는 만두를 향해 작게 속삭였어요.

"네가 거품을 만들어서 일이 이렇게 되었잖아."

"병원까지 올 줄은 몰랐다고."

만두는 비쭉 혀를 내밀었어요.

"다음 환자, 들어오세요."

살구와 만두는 하는 수 없이 진찰실로 들어갔어요.

"어디가 아파서 왔나요?"

의사 선생님이 말했어요.

"그러니까, 음, 입에서 거품이 났었는데요,

오토바이를 탔더니 다 나은 거 같아요."

살구가 설명했어요.

"그렇군요. 그래도 일단은 여기 누워볼까요?"

"네?"

"여기 누워야 어디가 아픈지 봐 줄 수 있어요."

“저기, 제가 아픈 게 아니고요.

입에서 거품이 난 건 제 강아지인 만두예요.”

“그렇군요. 선생님은 사람을 진찰하는 의사지만,

오늘은 특별히 강아지도 진찰해 줄게요.”

의사 선생님의 말을 듣고 만두는 당황해서

“멍! ”

하고 짖으며 힘차게 꼬리를 흔들어 보였어요.

“꼬마 아가씨 말처럼 아픈 것 같지는 않네요.

그래도 혹시 모르니까 진찰을 받아볼까요?”

"진찰을 받는다는 건 뭘 하는 거예요?"

살구의 질문에 의사 선생님은

웃으며 이렇게 대답했어요.

"예를 들면, 아프지 말라고 음료수를 주는 거예요."

"음료수요?"

마침 살구도, 만두도 무척 목이 말랐어요.

"그럼, 저 탄산수를 갖고 왔는데, 병을 따주시나요?"

살구가 주머니에서 탄산수 병을 꺼냈어요.

"그거보다는 냉장고에 있는 차가운 음료수를

마시는 게 낫지 않을까?"

소년이 다정하게 말했어요.

살구는 무척 기뻤어요.

만두도 시원하고 맛있는 물을 한가득 받았답니다.

"다 나은 것 같네요."

의사 선생님이 말했어요.

"네! 완전히, 완벽하게 다 나았어요."

만두도 다시 힘차게 꼬리를 흔들었어요.

"다행이다. 그럼 바래다줄게."

소년은 밖에 세워 둔 오토바이 곁으로 다가갔어요.

"앗싸, 오토바이에 또 탄다!"

살구는 그만 주먹을 불끈 쥐었지요.

“너, 재미있는 아이구나.”

소년이 웃었어요.

‘오토바이도 멋있고. 이 오빠도 멋있어.’

“아 참, 오빠는 이름이 뭐야?

나는 살구. 얘 이름은 만두야. ”

“내 이름은 붕붕이야. ”

살구에게 또 한 명의 새로운 친구가 생겼어요.

물놀이

살구와 만두가 고무나무 근처에 있는데,

붕붕이 나타났어요.

"붕붕 오빠! 어디 가?"

"동굴에 갈 거야! 살구 너도 갈래?"

"당연하지!"

살구와 만두는 붕붕의 오토바이에 올라탔어요.

자, 출발!

호두네 할아버지의 논을 지나는데,

호두가 말을 걸었어요.

"어, 살구야! 어디 가?"

"호두, 안녕? 너도 같이 갈래?

이 오빠 이름은 붕붕이야."

"형, 의사 선생님네 아들이지?

배가 아파서 병원에 간 적이 있거든.

병원에 가는 거라면 나는 안 갈래."

"지금은 병원에 가는 게 아니야."

붕붕이 말했어요.

"그럼, 어디로 가는데?"

"동굴!"

살구와 붕붕이 입을 모아 말했어요.

"우와, 그런 거라면 나도 갈래!"

살구 뒤에 호두를 태운 오토바이가 다시 출발했어요.

"조심해서 다녀오거라!"

할아버지가 크게 소리쳤지만,

잔뜩 신이 난 호두가 과연

할아버지의 말을 들었을까요?

양 옆으로 키가 큰 나무가 늘어서 있는 길을

오토바이가 거침없이 지나가요.

살구와 호두는 넋을 잃고 주변을 둘러보아요.

아, 물론 만두도요.

붕붕이 언덕 중간에 오토바이를 세웠어요.

"도착했다. 여기서부터는 걸어갈 거야."

붕붕을 따라 좁은 골목길을 내려가기 시작했어요.

그런데 길이 점점 가팔라지는 것 같아요.

“미끄러지지 않게 조심해.” 붕붕이 모두에게 말했어요.

어디선가 소리가 들려와요. 솨아…… 솨아……

“이게 무슨 소리야?” 살구가 물었어요.

“강물 소리야. 강 안쪽으로 가면 굉장한 곳이 있어.”

처음에는 강물이 종아리에 올 정도로 얕았지만,

물이 닿는 높이가 점점 높아졌어요.

"이 바위에서는 꼭 놀아봐야 해."

붕붕이 말했어요.

붕붕은 바위 위로 올라가 모두를 불렀어요.

"얼른 올라와! 이 앞쪽은 훨씬 깊어.

잘 봐. 간다!"

"얼른 뛰어 봐!" 붕붕은 물속에서 모두에게 손짓했어요.

풍덩!

만두가 살구의 엉덩이를 쿡쿡 찔렀어요.

"만두야, 그만! 그만해!"

살구가 나지막하게 속삭였어요.

"그러다 떨어지겠어!"

"여기서 뛰어들어야 재밌는 거 아냐?"

만두도 강물을 향해 점프했어요.

그리고는 거침없이

개헤엄으로 물속을 누벼요.

"만두 너, 잘난 척하기는!"

살구는 정말 분했어요.

하지만 무서운 건 어쩔 수 없었어요.

살구는 호두를 바라봤어요.

"너 먼저 갈래?"

"살구 너 먼저 가면."

"그러시겠지."

살구는 그렇게 말하면서도

한숨을 내쉬었어요.

두 사람은 바위에 서서 강물을 내려다보았어요.

"이렇게 높은데 뛰어내린다고?"

살구는 또 한숨이 절로 나왔어요.

"살구 너, 설마 무서운 거야?"

"그럴 리가 있겠어? 난 신중한 거야."

살구가 대답했어요.

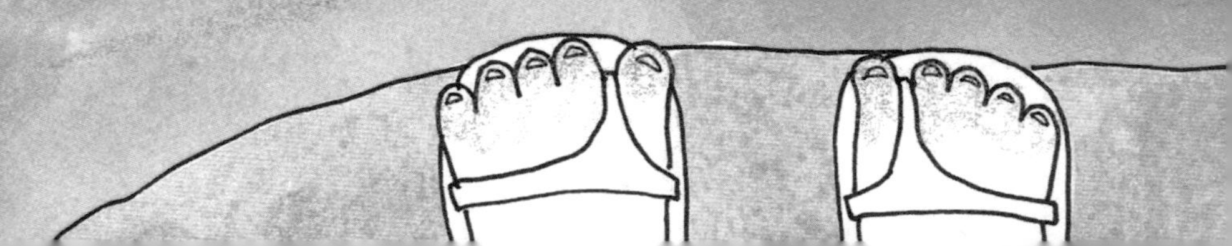

하지만, 다리를 보니

달달 떨리고 있지 뭐예요?

호두의 다리도 마찬가지고요.

두 번째 점프를 하기 위해

붕붕과 만두가 바위 위로 다시 올라왔을 때도

두 사람은 그 자리에서 꿈쩍도 하지 않았어요.

“왜 그래? 안 뛰어내릴 거야?”

붕붕이 물었어요.

“사실은 당장 뛰어내리고 싶은데……”

살구가 말했어요.

“나도, 나도 그래.”

호두도 말했지요.

“다 같이 손잡고 뛰어내릴까?

그러면 조금은 덜 무서울 거야.”

붕붕이 말했어요.

“그게 좋겠다!”

살구는 왼손으로는 붕붕을,

오른손으로는 만두의 꼬리를 붙잡았어요.

“난 준비 됐어. 호두, 너도 빨리 손잡아.”

“난 그래도 무서워.”

호두가 말했어요.

"그래? 그럼 나 먼저 간다."

살구는 눈을 크게 뜨고 붕붕과 만두와 함께

"하나, 둘, 셋!"하고 뛰어내렸어요.

풍ㅡ덩!!

"히-잇!"

비명인지 웃음인지 모를 살구의 목소리가

동굴 안에 메아리쳤어요.

"호두야, 이거 진짜 재밌어!"

강물에 흠뻑 젖은 살구는 호두에게 소리쳤어요.

"그래."

호두는 전혀 재미없다는 듯한 목소리로 대답하고는

슬금슬금 뒷걸음쳐 커다란 바위를 천천히 내려왔어요.

"난 재미없어.

진짜로, 진짜로, 진짜로 재미없어."

호두는 투덜거렸어요.

"그럼, 호두야. 안쪽으로 가 보자.

거기에도 굉장한 게 있거든."

붕붕이 호두에게 밝은 목소리로 말했어요.

다들 한 줄로 서서 걷다 보니

막다른 길에 다다랐어요.

커다란 바위틈에서 폭포가 쏟아지고 있었어요.

“여기야, 여기.”

붕붕은 폭포수 아래에 서서

샤워하듯 머리부터 물을 뒤집어썼어요.

이를 본 살구도 폭포수 밑에 섰지요.

“나도 할래!”

“꺄아, 재밌다!”

만두도 살구 옆에서 폭포수를 맞고 있네요.

“호두야, 얼른 이리 와!”

살구는 호두를 불렀어요.

호두는 느릿느릿 곁으로 다가와

폭포수 밑에 섰어요.

물줄기가 너무 세서

그만 넘어질 것만 같았지요.

호두는 쓰러지지 않으려고

양옆으로 팔을 뻗었어요.

그러더니 갑자기 소리쳤어요.

"으아아! 나도…… 어!"

폭포 소리에 묻혀 무슨 말을 하는지

잘 들리지는 않았어요.

호두는 돌아오는 길에

아까 올라갔던 커다란 바위 위로

거침없이 올라갔어요.

"잘 봐, 나도, 뛸 수 있어!"

이렇게 외치고는 힘차게 바위를 박차고

물속을 향해 뛰어들었어요.

풍덩!

커다란 물보라가 일었어요.

물속에서 머리를 내민 호두가

부들부들 떨며 물었어요.

"나 뛰어내리는 거, 봤어?"

"당연하지! 굉장했어!"

살구와 붕붕이 대답했어요.

"좋았어, 한 번 더 뛰어내리자!"

살구의 말에 다 같이 바위 위로 올라갔어요.

이번에는 넷이 함께 점프!

풍덩!!!

한참 물놀이를 하고 나니 배가 고파졌어요.

"홍차 아주머니네 가게에 가서 왕만두 먹지 않을래?"

살구의 말에 모두 함께 외쳤어요.

"찬성!"

그리고는 다 같이 오토바이를 향해 달려갔어요.

끝

작가의 말

머나먼 곳으로 여행을 떠나면 평소 우리가 경험하는 일상이 당연한 것이 아님을 깨닫게 됩니다. 이러한 경험은 이 이야기의 소중하고 흥미로운 토대가 되었습니다. 살구에게 어떤 친구가 생겼고, 어떻게 사귀게 되었는지, 독자 여러분들도 재미있게 봐주시면 좋겠습니다.

호리카와 리마코 지음

1965년 도쿄 출생. 도쿄예술대학 대학원 미술 연구과를 수료했다. 화가로서 정기적으로 개인전을 열고 있으며, 동시에 그림책 작가, 일러스트레이터로서도 작품을 발표하고 있다.《바닷가 아틀리에》(북뱅크)로 제31회 분카무라 뒤마고 문학상, 제53회 고단샤 그림책상, 제71회 쇼각칸 아동출판 문화상을 수상했다.

그밖에 《지우개로 꾸욱, 하면 강아지가 멍 けしごむぽん　いぬがわん》(히사카타 차일드),《공주님 인형의 헤이안 생활 그림책おひなさまの平安生活えほん》(아스나로쇼보) 등의 그림책을 발표했고, 미야자와 겐지의 《빙하쥐 털가죽氷河鼠の毛皮》(우리교육), 다다 다에코의 《깜짝 솔방울びっくり　まつぼっくり》(후쿠인칸쇼텐) 등 다수의 작품에 일러스트를 담당했다.

Annin chan to Paozu

Text & Illustrations Copyright © Rimako Horikawa 2023
Korean translation copyright © 2025 by Korean Studies Information Co., Ltd.
All rights reserved.
First published in Japan in 2023 by Poplar Publishing Co., Ltd.
Korean translation rights arranged with Poplar Publishing Co., Ltd. through Shinwon Agency

살구와 만두

초판인쇄 2025년 6월 30일
초판발행 2025년 6월 30일

지은이 호리카와 리마코
옮긴이 dodo 편집부
발행인 채종준

출판총괄 박능원
국제업무 채보라
책임번역 문서영
책임편집 구현희
디자인 홍재희
마케팅 문선영
전자책 정담자리

브랜드 dodo
주소 경기도 파주시 회동길 230 (문발동)
투고문의 ksibook1@kstudy.com

발행처 한국학술정보(주)
출판신고 2003년 9월 25일 제406-2003-000012호
인쇄 북토리

ISBN 979-11-7318-383-6 03830

dodo

dodo는 세계 각지의 아름다운 그림책을 모아 큐레이션하는 한국학술정보(주)의 출판 브랜드입니다.
dodo(도도)란 '잠'을 의미하는 프랑스어로, 잠들기 전 누구나 평온한 이야기의 세계로 떠날 수 있다는 의미를 담았습니다.
매일 밤, 꿈 너머의 푸른 세상에 가닿을 수 있도록 울림이 가득한 책을 만들고자 합니다.

@dodo.picturebook

살구가 사는 섬 지도